Mark Sarg

Die Zirkusleiche

Mark Sarg

Die Zirkusleiche

Bizarre Kurzgeschichten

Goldene Rakete Verlag für Belletristik

Imprint

Cover image: www.ingimage.com

Publisher:
Goldene Rakete Verlag für Belletristik
is a trademark of
International Book Market Service Ltd., member of OmniScriptum Publishing Group
17 Meldrum Street, Beau Bassin 71504, Mauritius

Printed at: see last page
ISBN: 978-620-2-44599-3

INHALTSVERZEICHNIS

DAS MENSCHLICHE KROKODIL

Die ungemein großherzige Lady Clelia Zwitscherbird bot einem Krokodil die Ehe – damit es die Chance erhielte, ein wenig „menschlicher“ zu werden.

Das überaus kluge und lernfähige Reptil entwickelte sich sehr rasch im gewünschten Sinne – und ließ sich beim erstbesten und nichtigsten Anlasse gleich wieder scheiden.

DIE GERÄUSCHE DER NACHT

Eine derartige Faszination übten die Geräusche der Nacht auf den Naturwissenschaftler Prof. Lodoletto Papststrumpf aus, dass er ihrer gründlichen Erforschung sein gesamtes Leben verschrieb – und sich am Ende dennoch als ***gescheitert*** betrachten musste.

Hätte er sich hingegen mit gleichem Elan den Geräuschen des ***Tages*** zugewandt – wäre er zwar kaum erfolgreicher gewesen, dafür aber vermutlich um einiges ***früher*** zur finalen Einsicht gelangt …

DER UNERSCHROCKENE

Graf Fieberlaus Kochblut war tollkühn genug, sogar vor Mord und Selbstmord nicht zurückzuschrecken.

Doch glich er dies im nächsten Leben höchst „harmonisch“ wieder aus – indem er nun besonders ängstlich und schreckhaft war …

DIE LEICHE UND DIE SCHILDKRÖTE

„Wie wäre es mit einem Kartenspiel, meine Allerwerteste?“, begrüßte der frühere Marquis Schlürfsack von Nadelöhr galant eine Schildkröte, der er beim ersten Friedhofsspaziergang begegnete. – „Sonst hast du keine Sorgen? Sieh dich an, wie du aussiehst!“

Da entschuldigte er sich in aller Form und holte rasch seine Krawatte aus dem Sarg.

Als er wieder zurückkam, war die Angesprochene aber längst kopfschüttelnd verschwunden, da sie zu einer Bridge-Partie mit Freundinnen verabredet war.

DER UNBEKANNTE

Marquis Edelhauf von Winterbirn ist bis heute völlig unbekannt.

Und damit dies auch ***künftig*** so bleiben möge, hat er leider testamentarisch jedwede ***weiter***gehende Äußerung über seine Person ausdrücklich untersagt.

DER UNAUFLÖSLICHE

Als wahrhaft unauflöslich muss Papst Gaggolinius der Ewige bezeichnet werden.

Noch heute spukt er in den Köpfen der Menschheit umher. Und die meisten wissen es nicht einmal!

Aus ihrem über alle Maßen seltsamen Gebaren freilich lässt sich dies äußerst ***unschwer*** diagnostizieren …

DIE LEICHE UND DER FELDWEBEL

„Wie kann man bloß ***so*** dämlich sein!“, schnauzte die vormalige Comtesse Tilla Dorfkind den Feldwebel Jeremias Kropfgeburt an, der auf der Hast zur ruhmreichen Beisetzung eines ehrenhaft Gefallenen steifbeinig und „unehrenhaft“ über ihr Grab gefallen war.

Unter anderen Umständen sicherlich Grund genug für ihn, sogleich den Säbel energisch zu Rate zu ziehen. Da dies im gegenständlichen Falle aber selbst für ihn keinen Sinn mehr zu ergeben schien, rang er sich zähneknirschend zur Erkenntnis durch: „Wirklich dämlich, dass ich hier rein ***gar*** nichts zur Rettung meiner und meines Landes Ehre bewirken kann!“

Und bis zu seiner letzten Ehre ***mied*** er künftig Friedhöfe wie der Teufel das Weihwasser.

DIE LEICHE UND DIE KLAPPERSCHLANGE

„Da staunste, was, dass ich vor dir nicht im ***Geringsten*** mehr erschrecke!" Keck triumphierend stellte sich die frühere Hofrätin Archivaria von Knetteig einer Klapperschlange entgegen, die ihr beim Friedhofsbummel über den Weg kroch – bei ihrem Anblick jedoch ***ihrerseits*** fluchtartig das Weite suchte.

Irritiert besorgte sich die Verwegene daraufhin einen Spiegel – und erschrak nun vor sich ***selber*** …

DAS VIERTEILIGE GESCHÖPF

Ein vierteiliges Geschöpf veräußerte die Hälfte seiner Teile – und meinte stolz, als es den Erlös einstreifte: „Mehr ***brauche*** ich einfach nicht zum Leben. Bescheidenheit ist eben eine Zier!“

DAS UNTERTEILTE GESCHÖPF

Ein Geschöpf war gänzlich unterteilt in oben und unten.

So etwas kann wohl auch nur einem ***Menschen*** passieren!

DER DOLMETSCH UND DIE LEICHE

Der junge Lord Darkhand Knallstrumpf, der kurz vor dem Examen als Dolmetscher stand, bat seine verblichene Tante, Lady Thelma Krautbein, ihn als Volontär aufzunehmen, damit er die Sprache des Jenseits aus erster Hand erlerne.

Er geriet darüber schon bald in solche Verzückung – dass er sein irdisches Studium abbrach und fröhlichen Herzens ***komplett*** hinübersiedelte.

DER NIEDLICHE ROLLMOPS

„Was für ein niedlicher Rollmops Sie doch sind!“, pflegte Baron Titanius Knutschwirt selig seine trotz der dürftigen Friedhofskost immer noch recht rundliche Nachbarin Mrs. Molly Schaffelhauser zu necken.

So lange, bis sie ihm einmal kräftig eine langte.

Seither mag er Fisch nicht mehr!

DIE CHARMANTE STECHMÜCKE

Beim Picknick lernte der verblichene Oberstudienrat Kolja Zahnstrumpf eine überaus charmante Stechmücke kennen. Er verliebte sich heftig und heiratete sie in der Folge sogar.

Denn vor ihren Stichen brauchte er ja nun – anders als in seiner ***früheren*** Ehe – keine Angst mehr zu haben.

DER UNVERFRORENE

Der junge Prinz Anastasius Zorngott war unverfroren genug, jedem den er traf, gründlich und ungeniert seine Meinung zu sagen.

Leider traf er aber nur zwei Menschen in seinem kurzen Leben. Und der Letztere hievon war unverfroren genug, ihm sogleich den Garaus zu machen.

EIN GESCHÖPF AUS NIRGENDWO

Ein Geschöpf aus Nirgendwo
befand sich plötzlich auf dem Klo
– und wusste wirklich nicht wieso.

Es war darüber dennoch froh –
denn dies gehört sich eben auf Erden so!

DIE LEICHE UND DER STRUDELTEIG

„Mein Gott, die Zeit zieht sich hier ja wie ein Strudelteig!“, brummte Contessa Francesca Kochsalz missmutig in ihrem plüschgepolsterten Edelsarg.

Und ihre Ungeduld trieb sie sehr rasch in das Abenteuer eines neuen Lebens.

Aber die Zeit zog sich genauso hin …

DIE SELBSTENTSCHLÜSSELUNG

Sein ganzes Leben brachte Prof. Süßbert Kropfhirt damit zu, sich selber zu entschlüsseln.

Und als er endlich fertig war – fing er drüben mit frischem Elan von vorne an.

Wenn nur alle so fleißig und gründlich wären!

DIE LEICHE UND DIE CREMESCHNITTE

Nächtelang träumte Mrs. Anuschka Zahnkerl selig von einer leckeren Cremeschnitte.

Schließlich wurde ihr dies zu dumm – und beim nächsten Einkaufsbummel ließ sie einfach eine mitgehen.

MIT ADEL UND WÜRDE

Mit erlesenem Adel und voll Würde
trug Sir Axel Dünngott ***jede*** Bürde.

Als er aber ***dennoch*** gestorben war,
raufte er sich ***nachträglich*** das Haar!

Und wer nun meint, dass dies ***nicht*** würdig sei
– der kümmere sich um seine ***eigene*** Kritzelei!

DIE LEICHE UND DER KLOBESEN

Voller Stolz erstand die selige Mrs. Pfannigl Rahmsauer auf dem Flohmarkt einen alten Klobesen.

Und wozu dies? Lediglich um damit ***anzugeben***.

Denn immerhin war sie auf dem gesamten Friedhof die ***Einzige*** mit einem solchen Ding!

DER UNERREICHBARE

Alle, die vor dem Vatikane ***vergeblich*** seiner harrten,
vertröstete Papst Schnäuzsack stets auf ***Gottes*** Garten.

Doch wer dort wirklich einmal hinkam
– sah sich nach ***ihm*** die Augen lahm …

DER UNVERZICHTBARE

Kardinal Klumpfuß war unverzichtbar für die Welt,
denn er sammelte fromm und fleißig sehr viel Geld.

Und dieses behielt er dann natürlich auch.
So lautete eben der Kirche heil'ger Brauch.

DER UNERMÜDLICHE

Unermüdlich betete Papst Glühsack für die Erde.
Und damit diese stets von Gott gesegnet werde,
bewirkte er mit ebensolchem Fleiß,
dass die Scheiterhaufen blieben heiß!

DIE LEICHE UND DER APFELSTRUDEL

„Wie wär es wieder mal mit einem deliziösen Apfelstrudel?“ Genüsslich schmatzend zögerte die Amtsrätin Adele Knutschzahn, die schon vordem nicht die beste Köchin gewesen war, nicht lange und buk sich einfach einen.

Nur wirklich gut, dass sie nicht mehr im Leben weilte – sonst wäre sie glatt erstickt an ihrer Kreation.

DIE LEICHE ALS KAISERSCHMARREN

„Es geht doch wahrhaftig nichts über einen ordentlichen Kaiserschmarren!“, schwärmte Miss Malaria Grunzmirl hingebungsvoll – und „veredelte“ ihren Tod, indem sie sich von Maître Flambeau Kinderteufel, dem Fünfsternekoch eines Nobelhotels, als solchen zubereiten ließ.

Weil sie dem dann aufgetischten hohen Staatsgaste jedoch auf den Magen schlug, spie sie dieser vor versammeltem diplomatischem Corps wieder aus – was sie als überaus entwürdigend empfand.

Worauf sie nun zum Ausgleich im nachfolgenden Leben als ***Papst*** erstrahlte – damit man sie nur ***ja*** nicht mehr so rasch losbekomme …

DAS ORTHODOXE GESCHÖPF

Ein orthodoxes Geschöpf bekam für seine Strenggläubigkeit von der Amtskirche einen heiligen Orden verliehen – den es voll Stolz und Inbrunst den ganzen Tag lang anbetete.

Und als es ans Ende ging, fraß es ihn aus lauter Sorge, er könne in falsche und ungeweihte Hände gelangen, lieber auf.

Dies war dann vielleicht doch ein wenig ***un***orthodox.

DAS UNORTHODOXE GESCHÖPF

Ein Geschöpf ging jeden Sonntag brav zur Kommunion.

Und was daran unorthodox war? Nun, es befand sich leider in der ***Hölle***.

Womit ausnahmsweise ***nicht*** die Erde gemeint sei.

DER ÜBERFÜLLIGE

Um die Überfülle der Schöpfung wie des Christentums auch durch sein ganz persönliches Beispiel höchst ***anschaulich*** zu dokumentieren, fraß sich Papst Schmalzstrumpf der Kolossale einen solchen Bauch an – dass er ihn selbst ***nach*** seinem Abgang nur mit tatkräftiger, barmherziger Unterstützung des Teufels wieder los wurde …

DER ÜBERFÄLLIGE

Sir Bodo Schwindfuß war ***mehr*** als überfällig. Und als er dann endlich doch drüben eintraf, stellte man ihm sogleich einen „Säumniszuschlag“ in Rechnung – den er allerdings recht kommod ableisten durfte:

Er hatte dem allzu dreisten Papst Schmorbauch III. in zehn lauen Sommernächten als Mahnung aus dem Jenseits zu erscheinen – die freilich zu dessen Lebzeiten herzlich wenig bewirkte, da er sie schlicht als „Teufelswerk“ abtat und ignorierte.

Wie dies so viele andere „Aufgeklärte“ ebenfalls sehr gerne tun …

DIE LEICHE UND DAS KINDERMÄDCHEN

Gegenüber der blinden und tauben Miss Bärbel Meerschnabel, die mit diesen Eigenschaften die denkbar ***besten*** Voraussetzungen für ihren Job als Kindermädchen aufwies, gab sich die selige Geheimrätin Walpurga Wonnemond als „Säugling“ aus, den es zu betreuen gelte.

Damit hoffte sie jene zärtliche Behütung nachzuholen, die ihr zeitlebens versagt geblieben war.

Ob und wie weit die Liaison der beiden zum gewünschten Erfolg führte, ist bis dato leider unbekannt.

DER UNANTASTBARE (2)

Ein Unantastbarer vergriff sich versehentlich an sich selbst.

Er erschrak darüber so gewaltig, dass er in ein Koma fiel, aus dem er nicht mehr erwachen sollte.

DIE UNANTASTBARE

Als man Lady Celia Freibier, die für ihre Unantastbarkeit glatt ***gestorben*** wäre, dann aus eben diesem Anlass bei der Sargbettung berühren ***musste***, erwachte sie ob dieser unerhörten Schmach empört wieder zum Leben – und ist bis dato kein zweites Mal geschieden, um sich einer derartigen Impertinenz nur ***ja*** nicht wieder auszusetzen!

DAS UNANTASTBARE

In einer Grabeskirche fanden namhafte Höhlenforscher etwas Unantastbares.

Da sie sich außerstande sahen, es anzufassen – weiß man leider bis heute nicht, womit man es damals zu tun hatte.

DIE VERFLIXTEN SCHNÜRSENKEL ODER DIE GEMÜTLICHKEIT DES TODES

Zu Lebzeiten im Dauerclinch mit seinen „verflixten" Schnürsenkeln, dem er sich leider aus praktischen Zwängen unterworfen sah, empfand Hofrat Naphtalin Rosenholz ***danach*** freilich nicht die geringste Notwendigkeit mehr, sich weiter zu strapazieren – und latschte prinzipiell nur noch in ***offenem*** Schuhwerk auf dem Friedhof umher.

Es geht eben nichts über die Gemütlichkeit des Todes.

DIE LEICHE UND DER ZUCKERBÄCKER

„Darf ich Sie in Zucker fassen, meine Gnädigste?“ Überschwänglich schloss Konditormeister Libido von Trockenblut bei einem Friedhofsbesuch Bekanntschaft mit der seligen Baronesse Amalia von Knochenbrut. „Sie ***können*** mich mal!“, bot sie ihm indes nur an, da sie sich ausgesprochen verulkt fühlte.

Da tat er dieses mit großer Hingabe – und fasste sie ***hernach*** in Zucker.

Es war eben klassische Liebe auf den ersten Blick!

DIE LEICHE UND DIE ZUCKERFEE

„Darf ich mal kurz bei Ihnen absteigen?" Mit charmantem, unschuldigem Lächeln klopfte eine Zuckerfee bei Studienrätin Constanze Fieberblut. „Sie wollen mich wohl veräppeln, wie? Sie sind nun wirklich die ***Aller***letzte, die ich zu meinem Glück noch brauche!", erzürnte sich die an chronischer Überzuckerung Verschiedene.

„Ich habe aber den heiligen Auftrag, mich mit Ihnen vollends auszusöhnen. – Wenn Sie also vielleicht doch ein wenig Zeit erübrigen könnten?", drängte die Fee sie sanftmütig.

Und nach einer einzigen Nacht im Sarge war die Hausherrin von ihrem betörenden Gaste derart hingerissen, dass sie ihn nicht nur schwersten Herzens wieder ziehen ließ – sondern, wäre sie gefragt worden, ihm glatt ihr ***Jawort*** geschenkt hätte!

Nichts ist eben süßer als Vergebung …

DER VERMISSTE BEICHTSTUHL

„Wie überaus gerne würde ich jetzt die Beichte ablegen!“, schmachtete Comtesse Schlauchine Meerbauch mangels anderer Beschäftigung im Sarg, „Aber so ganz ohne Stuhl wäre es eben doch nur der ***halbe*** Genuss.“

Und um dieses Manko möglichst gründlich zu beheben, schob sie für ihre nächste Verkörperung gleich eine Existenz als Beichtstuhl ein – ehe sie dann im darauffolgenden Leben ein für alle Mal ***geheilt*** war von jeglicher katholischen Ideologie!

DIE LEICHE IM ROLLSTUHL

Wiewohl im Leben völlig intakt mit den Beinen, sah sich Dottore Arroldo Stubenprinz ***danach*** doch noch veranlasst, zur Ehre Gottes einen Rollstuhl zu benutzen – vermittels dessen er sich als strenggläubiger Katholik jeden Sonntag vom Grabe zum Hochamte chauffieren ließ.

Und da die Kirche wirklich ***jedes*** Mitglied brauchen kann, schickte sie zu diesem Behufe stets willfährig einen Mesner aus.

Umso mehr sie auch ***nur*** unter dieser Auflage testamentarisch bedacht worden war.

DIE LEICHE IM SCHLAFROCK

Baron Melchior Papstschädel ließ sich in einem besonders kuscheligen Schlafrocke beisetzen.

Was nun zunächst durchaus logisch und plausibel anmutet angesichts der erwarteten langen Ruhephase – erwies sich indes sehr rasch als bloßes Resultat eines fundamentalen Trugschlusses …

DER TEUFEL IM SCHLAFROCK

Luzifer suchte im Schlafrock zu ergründen voll Genuss,
ob ihm der heilige Antonius gewähren würde einen Kuss.

Der zog dies in Betracht sogar –
falls er zu ihm zog für ein Jahr.

Doch da der Teufel sich höchst ungern band,
blieb die ganz Episode leider nur ***charmant***.

DER FLAUSCHIGE KERL

„Was für ein flauschiger Kerl!“ Völlig verliebt und hingerissen ließ sich Miss Galathea Traumvogel wieder und wieder in ihr neues Luxussofa fallen. So oft und intensiv, dass sie als strenge Katholikin alsbald schon in Konflikt mit ihrem Sittlichkeitsempfinden geraten war.

Da ***heiratete*** sie es einfach – und alles hatte endlich seine Ordnung.

Und da sie ihrer „besseren Hälfte“ selbstverständlich bis zum Lebensende treu blieb, ersparte sie sich obendrein auch die zwangsläufigen Enttäuschungen und Ernüchterungen einer ***menschlichen*** Liaison.

DIE ZIRKUSLEICHE

Vordem nicht gerade erfolgreich, was ihre gesellschaftliche Reputation betraf, fand Signora Loletta Klapperstiefel doch noch einen Weg für eine überaus glanzvolle, ***nach***trägliche Karriere.

Als „Vorführleiche“ reiste sie mit dem Zirkus Rinaldo Bigottini um die Welt und war damit, wie man sich vorstellen kann, allerorts ***der*** Kassenmagnet und Star.

Um der zahllosen hochverdienten, ***regulären*** Artisten willen, bleibt nur zu hoffen, dass ihr Beispiel nicht auch noch Schule macht …

Printed by Books on Demand GmbH, Norderstedt / Germany